KB093097

내 안의 안

푸른도서관 86

내 안의 안

초판 1쇄/2023년 12월 30일 | **초판 2쇄**/2024년 6월 25일

지은이/이근정
펴낸이/신형건
펴낸곳/(주)푸른책들 **등록**/제321-2008-00155호
주소/서울특별시 서초구 양재천로7길 16 푸르니빌딩 (우)06754
전화/02-581-0334~5 **팩스**/02-582-0648
이메일/prooni@prooni.com **홈페이지**/www.prooni.com
인스타그램/@proonibook **블로그**/blog.naver.com/proonibook

ISBN 978-89-5798-684-4 43810

내 안의 안

이근정 시집

푸른책들

차례

1부 참을 수 없이 간질간질

2부 두 걸음 밖의 세상

3부 여기가, 안전거리

4부 **다만 따뜻한**

1부
참을 수 없이 간질간질

어쩌면, 분명히도

오른발이 은행을 밟고
왼발이 개똥을 밟고도

어쩌면
어쩌면

좋은 일이 생길 거야

오늘 있었던 모든 일들
흰 눈처럼 포옥 끌어안고도
콧등 하나 꿈쩍하지 않을 그런 날이

분명히

그런 내일이 올 거야

동동

풍선만 들면
기분이 좋아

보통 땐 기분이 좋아서
발걸음이 가볍지만

풍선을 들면 발걸음이 가벼워서
기분이 좋아

앞뒤가 좀 바뀌면 어때

어차피 좋은걸

새 학기 첫날

큰소리치고 왔지만
그래, 조금 떨리긴 하네
차라리 모른 척
앞문을 왈칵 열고 들어갈까 싶기도 해
깜짝 놀라겠지
선생님이 한마디 하시는 동안
재빠르게 살펴보면 어떨까
그 애는 있는지, 없는지
뒷문으로 들어가더라도 오늘 같은 날은
빛나는 빨간 사과 같은 볼들이
오로록 도록 뒤돌아볼 걸 알지만
그 애는 도통 돌아보질 않으니까
이 문 너머
그 애는 있을지, 없을지 나는
정말 참을 수 없이 간질간질하니까

SNS

거미가 거미줄 없이 사는 것 봤어요?
끈 떨어진 연이란 말이 괜히 있냐고요.
키보드를 대충 두드리면
sns는 [눈]이 돼요.
눈이 없는데
마음 뒤편으로 갈 수 있어요?

나는 기다리고 있어요

오늘 엄마가 또
십 년 전 사진을 꺼냈다
– 이때 참 귀여웠는데……

글쎄 모르겠다
사진 속 웃고 있는 나는
박제된 동물일 뿐인데

나는 한 마리의 곤충
엄마를 따라 여기 숲으로 엉금엉금 기어 왔어요
나는 엄마의 손끝을 쏘았고
엄마는 내 손을 놓았지요
엄마, 지금 어디 있어요?
나는 보호색을 하고 뾰족한 가지 사이 숨어
변태를 준비하고 있어요
엄마, 나를 찾을 수 있어요? 곧 다른 색의 날개가 돋을 텐데

우리의 길이 다시 만나긴 하나요

내 안의 안

언제가부터 내 안에
뾰족한 침엽수 숲이 생겨났어
발붙일 곳 없이 떠돌던 마음에
시린 눈이 자꾸만 달라붙을 때에
나무는 기쁘게 자라났어

침엽수는 품을 내주지 않아
자라날 뿐이야 더 길게, 높이
벌목할 필요 없는 땅에는
아무도 오지 않아
나는 그 땅에 깊숙한
마음의 마음을, 숨겨 놓았어

이제는 숨바꼭질이야, 너와 나의
나조차도 찾지 못하는
나의 진심
찾아낸다면,

그래 주기만 한다면

모두 네게 줄게

3시간째 게임 중

휴대폰이 스크린 타임에서 탈옥하고
나도 학원에서 탈옥했다

누가 먼저 도망쳤는지는 모른다
우린 한 몸이니까

밤의 끝과 끝

밤 저편에서
누군가 외쳤어

“여긴 너무 깜깜해!”

그러자 반대편에서
다른 누군가 대답했어

“나도야!
우리, 보이진 않아도 같은 곳에 있구나!”

진수가 지수에게

언젠가부터 네가 좋아
정수는 너더러 머리 꼭대기에 앉아서
이러쿵저러쿵 부려 먹는다고 투덜대지만
그것도 네 매력인걸
내 길었던 걱정과 문제들을
단숨에 접어 버린 너
쓰고 지우며 주저했던 1,024번의 밤들을
마법처럼
빛나는 날로 바꿔 놓은
오른 어깨 위에서 웃고 있는 작은 너

2^{10}

바람 빠진 풍선

빵!
누구야?
모두가 바늘을 보는 동안

풍선은 도망쳤다

횡설수설 갈지之자로,
방향도 없이
하지만 누구도 예상 못한 길로
들어찬 고민 따위 맘껏 내던져 버리며

궤적

네 손에서 한 바퀴
펜이 돌았다
쌤이 말할 때마다
한 바퀴, 또 한 바퀴
혼란을 에너지로 치환한 펜은
우주로 간다
까만 우주에
까만 궤적을 남긴다
우리는 이미 몇 번이고
유일무이한 업적을 남기고 있었다
눈에 띄지 않아 몰랐을 뿐

나무처럼 새처럼

누군가 널 외롭게 하더라도
살아남아 나무처럼
하루에 하나씩
깊은 뿌리 내려
어떤 여름날
환하게 피어나도록
시작은 기억나지 않지만
언제고 찾아낼 수밖에 없도록

누군가 널 괴롭게 한다면
날아올라 새처럼
훌훌 털고 일어나
더 높은 곳으로
폭신한 구름 새로
더 많이 보고 더 많이 듣고
더 높이 날아올라
세상이 개미만큼 작아져 버릴 만큼
가벼운 몸짓으로

어쩌려고 그러냐고

투 아웃 투 스트라이크인데
홈런, 담을 넘었다–!

달려 나가려는데,
투수하던 영권이
달려와 내 어깨를 툭 친다

야, 어쩌려고 그래
내 공 어떻게 찾을 건데
연습 경기잖아
운동장 안에서만
적당히, 하라고 했잖아

적당히, 그게 대체 뭔데?
마지막까지 몰린 9번 타자라도
한번은 날 수 있다는 걸
공도 보여 주고 싶었겠지

배트가 힘껏 밀어줬겠지

못 들은 척, 달려 나간다
기록되지 않는 연습이라 해도

눈썹

내가 눈을 비비는 바람에
눈꺼풀 끝을 꼭 쥐고 있던
손을 놓쳐 버린
빠져 버린 속눈썹은
바람에 날려
오목눈이의 둥지를 지나다가
얼기설기 엮은
모양새가 영 못 미더워
작은 아가 새
바람 좀 막아 줄까
이번엔 둥지 틈에 대롱대롱
하얀 손에 힘 꼭 주고 매달려 보네.
제 몸 하나 못 가누면서도.

꽃사과

사과는 좋지만
혼자는 싫어.
커다란 하나보다
작은 여럿이 될래.
흩어지기 싫으니까
다이빙은 꼭지째!
조심히 꼭지를 잡고 넘기면
뒤집어진 모양이
어쩜 꽃다발 같아,
사과가 꽃이 되는 순간

2부

두 걸음 밖의 세상

허락된 시간은 15초

고양이에 대한 짧은 영상을 본다면
털을 세우고 하악 위협하며
펀치를 날리는 게 좋겠어.
15초 만에 모든 것이 완벽해질 순 없으니까.

거울을 봤는데

화성을 탐사한 우주인이 그랬대.
“여기 물이 흐른 흔적이 있어요!”
아주 조금이지만,
분명히 있어 그 흔적
평상시처럼 웃었는데
따끔
아프더니
땅이 양옆으로 벌어졌어
그 후로 몇 번이고
땅은 흔들리고 갈라졌지
안에서 용암만큼 뜨거운 것이
새어 나와 흐르고
나는 손으로 훔쳤을 거야
몇 번이고 침도 발랐겠지
그래도 소용없었어
벌어진 땅 틈새로
마침내 길이 생겼거든

어느 날 내 입술 위로 올라온
작은 생명체는 말할 거야.
"여기 무언가 흐른 흔적이 있어요!"
하지만 더 알아낼 순 없을 거야
거대한 손이 약을 발랐고
이제 웃어도 아프지 않은 걸 보니
곧 딱지가 떨어지고
새 땅이 돋을 거거든

우주의 난파선

헤이, 신난다
온통 암막으로 뒤덮인 세상
눈이 따갑도록 빛나는 별
가끔 날아드는 소행성의 스릴까지

어서, 이리로 와
내가 있는 곳은 17광년 떨어진
지구로부터 꽤나 먼 우주

매일 6천2백9번의 시도 끝에
드디어 너와 연결된 거야

우리는 본디 새카만 우주를 헤집는
난파선
때론 떠도는 것이 멈춰 있는 것보다 멋지지
두 번째 기적이 일어날지도 몰라,
정거장이 아닌 이곳에서

우연 같은 필연의
우리의 조우는 신날 거야

단계

수학: 기본–응용–심화–별, 별, 일단 별표

시험: 쪽지 시험–수행평가–중간기말

성적: 가능성 90%–70%–반반– ……

키: 169.7–169.8–멈춘 듯–170!

궤변: 기–승–전–네 탓

적응: 분노–분노–회피–결국 분노

멍의 색: 빨강–퍼렁–보라–노랑

2학년 2학기

지금 내 단계는 노란 개나리

장래 희망

뭐가 되고 싶냐면
아무것도 안 하는 사람
뭘 하고 싶냐면
아무것도 아닌 것

선로 위를 달려 나가는 기차들에
뿌옇게 손을 흔드는
나는 차창에 흔들리는 꽃이 될 거야
바람 없는 날에는 시간마저 멈춘 것처럼
그대로 서서,
방긋 웃는 풍경으로

진로 상담

요즘 아이들은 꿈이
없어서 걱정이라고들
그러더라, 어른들이

엄마, 그렇게 생각해요?

3월마다 피어나는 한 장짜리 진로 조사
밟아도 물을 주지 않아도
어느새 거기 있는 잡초처럼
내게도 무언가 자랄 텐데

아빠, 내 꿈은 뭐예요?

나는 엘리베이터예요
버튼이 눌리면
밤을 새워서라도 공부해요, 오르내려요

여기로부터 딱 두 걸음 밖의
세상에는 무엇이 있나요

사소한 무질서

나비의 날갯짓 하나로 일어난
태풍의 가능성에 대해서
작은 개구리의 점프로 일어난
거센 풍랑에 대해서 생각해 보며

오늘 네가 팔꿈치로 쳐서 쏟아 놓은
오렌지 주스가 훗날
어떤 결과로 돌아올 수 있을지
100자 내외로 서술해 보자.

13세

뷔페에서는 성인 요금을 받는 나이
숙소에서는 침대 하나를 따로 쓰라는 나이
하지만 인스타에서는 받아 주지 않는 나이
앱을 까는데 허락을 받아도
쪽팔릴지언정 이상할 건 없는 나이
지하철을 타고 서울 이쪽에서 저쪽까지
혼자 다닐 수 있지만
조용히 위치 추적을 당하는 나이
안 된다, 안 된다 잔소리 끝에
씨발 어쩌라고, 나더러 어쩌라고 욕을 붙이면
이해와 비난을 동시에 받는 나이

장대비 내리는 날에

웃옷을 벗고 달리는
다섯 명을 봤어.
농구할 때도 자주 그랬으니
뭐, 그럴 수 있지

신발을 벗어 들고
양말 바람으로 걷는
어떤 아이를 봤어.
뭐가 좋은지 모르겠지만
중3은 뭐가 됐든
그럴 수 있는 나이라 생각해

더워 죽겠는데
겨울 교복 후드를 입고
비에 푹 젖은 두 명을 봤어.

우리의 온도가 제각기 다른 걸

누가 뭐라 할 수 있을까

단지 더 입지도, 벗지도 않은 나는
좀 외로워져
슬그머니 우산을 내렸어.

7반 앞 복도 소화기

내가 왜 여기 있는지
나도 이젠 헷갈려요
시작할 땐 좋은 마음이었죠
사명감도 있었고요
그러나 이유 없이 얻어맞고
발에 차이고
그저 재미로 흔들고 뿌리고
누군가에게 던질 때는 눈앞이 캄캄해져……
아, 정말이지
그냥 떠나 버릴까 사실은 몇 번이나 생각했어요

최소한의 의리로 남아 있어요
또 다른 누군가가 그렇듯요

착한 소비

매 수업 잠을 자는 네 뒤통수를 보면서
나는 감자에 대해 생각을 해.
내가 재배한 게 아니라도
관심을 기울이지 않은
공정하지 않은 커피는 착한 소비가 될 수 없다는 이야기처럼
새카만 악의로 네 안에 심긴
감자 하나를
내버려 둔다고 착한 감자가 될 수 있을까.
지금 엎드린 네 속에 자라고 있을,
하나를 잡아당기면 더룽더룽 끊이지 않고 올라올
나쁜 기억들을

알면서 지켜보기만 하는
나라는 방관자.

형광펜

하루에 천 번 넘게 울리던 톡이
조용하다
아무것도 손에 잡히지 않는다
3일 전엔 서린이였는데
오늘은 나
14명 중 딱 한 명씩을 의도적으로 빼놓은 단톡방

그 애가
3일에 한 번씩
아이들을 하이라이트 하고 있다
그 애는 늘 숨어 있다

혼나는 중

말하기 싫다
쌤이 왜 저런 말을 하는지
모르는 바는 아니나
그냥 대답하기 싫다
사정을 말하면 들어주긴 하나?
조목조목 짜임새 있게 고전소설 지문마냥 따져지겠지
입이 닫히니 덩달아 눈도 닫힌다
내 눈은 지금 세모 눈깔

주문을 외워 본다

시간아 가라 제발 가라
지긋지긋한 40분 아니,
3년 5년 그냥
다 가 버려라

괜찮다고 말해 줘

학습지도 안 챙겨 온 주제에
떠들었다고 벌점이래
오늘 점심 돈까스인데
한 소리 듣고 나오니 급식 줄이 둘둘둘 세 바퀴
할 수 없이 담 너머 편의점 다녀오려다
다 도망치고 나만 딱 걸려
과학 교과서 분명히 누군가 빌려 갔는데
왜 다들 자긴 아니래
일단 꼬인 날은 한 번으로 안 끝나더라
인생 예쁘게 꽃 피우라지만
십대 인생 n년차
오늘 내가 흘린 씨앗은
그저 바람에 흩어져 버리는 건가요
알아요 내 잘못이죠
다들 알아서 잘하는데 나만 이러죠
하지만

남은 인생 n십년
책으로 따지면 챕터 2,
우리는 아직 전개를 달리는 중 그러니
그냥 괜찮다고 말해 줘요
아직 넘기지 않은 페이지에
무한한 반전이 잔뜩 남아 있다고

삶은 겨우

엄마가 바쁘다며
저녁은 냉장고에 있는
삶은 달걀을 먹으라는 거야
설마 했어
진짜로 달랑 달걀 8개만 있을 줄은
이게 뭐라고
삶은 달걀을 보란 듯 입속에 우겨 넣다
갑자기 서러워져서
끄억 목 놓아 울었어
겨우 삶은 달걀이라니
그것도 8개라니
무한히 뻔하고 지루하잖아

3부

여기가, 안전거리

알림

보낸 사람이 없는
택배가 왔다
손가락 끝으로
찍- 밀어 놓았다
근데 또 궁금하다
손가락 끝으로
슬며시 툭 건드려 본다

3년 전 이맘때의 내가
흑역사를 보내왔다
잘 잊고 있었는데

안과 밖

한 무리의 아이들이
모여서 속닥였다

나만 빼놓은 거 같길래
벽 뒤에 숨었다
까 꿍
나타났다

아무도 놀라지 않았다
별 얘기 아닌 걸
나만 빼고 다 알고 있었다

너와 나의 거리

신호등 건너
길 맞은편

네가

고개를 돌리면 알 수 없고
눈썹을 세우면 표정까지 생생하게
마주하는 거리

곧
너와 스치기 전
하늘과 시야를 공유하는
순간

내 마음이 불쑥 튀어나와
온 길을 휘감아도
모르는 척 구겨 넣을 수 있는
여기가, 안전거리

너

선물을 받았다

가지런히 놓여 있는
초콜릿 한 상자 속
벌러덩
뒤집어져 있는

바로 너
어디에 섞어 놓아도
기어코 눈에 띄고 마는

너

눈이 마주쳤다
그러자
오늘 하루가
특별한 선물이 된다

우연의 수학

네가 월요일 오후 7시 43분에 편의점 앞을 지날 확률
네가 편의점 앞을 지나며 오른편을 돌아볼 확률
네가 돌아본 오른편에 마침 내가 있을 확률
어두운 거리 가로등의 간격과 조도가 우리 얼굴을 비추어
서로가 서로를 알아보기에 충분할 확률
너의 눈이 커지고 분명히 무언가 말할 것만 같은 표정,
네 마음에 내가 비집고 들어갈 틈새가
11월 29일 오후 7시 44분에 존재할 확률,
그리하여 내가 네 마음 안에 자리를 잡고 마침내 뿌리내린,

그 엄청난 경우의 수

가는 날이 장날

너 따라서 동아리 신청했더니
너는 그만둔 날

가는 날이

비가 오고 우산 없는 너랑 남았는데
매일 있던 우산이 하필 그날따라 딱 없는 날

장날

별 수 없이
까만 아무 비닐봉지를
둘이 나눠 쓰고 빗속을 뛰었다

위기를 기지로

내가 기억될 냄새

사람은 냄새로 기억되기도 한대
내 냄새는
바닐라 민트 피스타치오 향이었으면 좋겠어
나를 만날 때마다
아이스크림 가게 문을 열 때처럼
두근두근 설렘이 생기게
짭짤한 바다 냄새도 좋을 것 같아
감겼던 눈이 확 트이고
심장이 벌렁벌렁 뛰면서
먼 수평선 어디든 닿을 것 같은 기분
나는 봄이었음 좋겠고
동시에 가을이었으면 좋겠어
풀 내음이 새 학기의 떨림을 꽃다발처럼 안겨 주고
낙엽 태우는 냄새로 차분히 다음 만남을 준비하는

네가 만나는 모든 것에
내가 있으면 좋겠어

티슈

네가 울었어
눈물이 그치자 떠났어 가벼워진 마음으로

남아 있는 나는
무거워 발도 뗄 수 없어
푹 젖은 마음 한쪽 끝이
자꾸만 찢겨 나가

줌

날 좀 봐요
내게 집중해요
수십 개의 얼굴들이
한 화면에 모여 있는데

왜 눈맞춤은 되려 힘들죠

헤어진 후

네 소식이 들려왔어
카톡으로, 인스타로, 친구들의 입을 타고

걔들은 아무것도 몰라
정말 내가 원하는 건 전해 주지 않아

얼마 후 네게 문자가 왔어
다시 만날래?

너는 아무것도 몰라

정말 네가 원하는 게 나인지
네가 원하는 내 모습인지

한 철의 우리

나는 나뭇잎이었어, 지금도 그래
어디로 갔을까 내 곁에서
바람을 속삭이던 수많은 친구들은

지금은 사방이 겨울이야
나는 아직 남아 있어
가끔 바람을 타고
나를 부르는 노랫소리가 들리지만

이제 그만해도 돼 그렇게 부른대도
갈 수 없지
여름은 지나가는 계절일 뿐이래 그뿐이래
벌써 겨울을 맞은 우리는
자라서 무엇이 될까,
내일 아닌 먼 미래에

말

말이란 건 참
차가워 가벼워
입을 떠난 순간
펄떡 뛰어나가는 변온 생명체

그래, 그럴 수 있지만

그 뜻이 아닌데
한 번도 그런 마음인 적 없는데

어느새가 넘치는
말, 말들 틈에
둘러싸여 버린 외로움

그럴 수 있어, 나도 알아
하지만

그냥 손잡아 줄래?
식어 버린 말들 틈에서
내가 널 그대로 느낄 수 있게

우산

낙하하는 데 질린 빗방울을 위해
팡
펼쳐 주는
단 한 번의 에어바운스

전학생

너였구나
우리가 만들던 퍼즐의
마지막 조각이

오래 보던 풍경이
오늘은 반짝인다

밀당의 귀재

요즘 내가 좀 뜸했다.
반성하는 맘으로 널 찾았는데
네가 어딨는지 아무도 모른다.
3월부터 우리 반에 있던 너를
자긴 한 번 본 적도 없다며
존재조차 모른단다.

다른 반도 돌아보고
모두 집에 간 시간
오소소 소름 끼쳐 가며
체육관에도 몰래 숨어들었는데
찾지 못했다.
너는 과연 존재했던 걸까?
널 잡아 본 지 몇 달이 지나도록
무심한 나는 네게 흔적 하나 남기지 못하고
네가 없어졌다는 사실도 몰랐을까.
그러나 후회는 언제나 짧아

또다시 너를 잊고
축구를 하러 나간 점심시간, 기적같이

농구공이 돌아왔다.

4부

다만 따뜻한

물집

혼쭐이 난 거야
네 열기를 지금껏 몰라본
개인의 온도 차를
무시한 내
성급한 접촉이

봉사 활동

배식을 하고
받은 식권을 세고
마감 후 의자를 정리하고
식탁을 닦고

일하시는 할머니들이
참 잘했다
어쩜 이렇게 이쁘고 착할까
네가 다 했구나 하셨다.

가볍게 나오는 길
밀린 폰 보고
톡 답하느라
한참 지나 건물을 나섰는데

누가 남으셨는지
식당 불이 아직도
하얗게 켜져 있다.

진짜 자유

새가 날았다,

문장만 봐도
손끝이 짜릿하지

그런데 말야
새에게도 발이 있다–

숨 한 번 헐떡이지 않고
지평선 너머를 날 수 있는 새조차
발목에는 보이지 않는 실을 매고

발 디딜 곳을 찾아 헤맬 뿐이란 걸

구심력

집을 나와
무작정 걸었다

멀리 떠나고 싶다 생각했는데

돌아보니
내가 커다란 원을 그리고 있었다
자꾸만 한 자리로 돌아오고 있었다

집이 나를 당기고 있었다

바다로 가자

수조에 갇힌 벨루가
그들은 지구 이편에서 저편까지
6,000킬로를 넘나드는 고래
수족관이 크다 한들 한 뼘의 감옥일 뿐

지하철을 타고 돌아가는 길
삐— 소리에 뒤섞여 들리는 이건
고래의 노래일지 몰라
맴도는 속삭임을 떨쳐 내지 못하는 나는
사실 벨루가일지 몰라

내 고향은 그러니까 여기 아닌 어딘가
더 넓은 곳
한 번도 가 본 적 없는

바다로 가자

x의 정체성

x가
내 품으로 뛰어든 어느 날부터

나는 미지수를 안고 살아
수많은 문제들에 매일
불안한 답을 구하고 있어

미래라는 y, 학교라는 y
친구라는 y
그에 알맞은 x의 값
모두 x에게 달려 있다고들 말하지만

x는, 주어진 식을 벗어날 수 있어?

우리가 찾는 건
미지수의 탈을 쓴 정답,
결국 정해진 답

미장원에서

잠깐 새
고이 기른 시간들이
싹둑싹둑
잘려 나갔다

탈탈 털고 나니
머리가 제법
가벼워졌다

아하, 요즘 내 뒤통수를
자꾸만 잡아당기던
그것의 정체를
이제 알겠다,

정리되지 않던
날것의 감정들

걸어오는 동안

비가 내렸고
잘박잘박
소리마다
생각을
실어 보냈다

꽃이 날렸고
떨어진
한 장 꽃잎마다
기억을
띄워 보냈다

비가 그치자

참 길게도
그림자가 늘어졌고
지나온

걸음 다 알지만
말하지 않는 그림자는

그냥
함께 걸어 주었다

물거울

진짜 하늘을 담고 싶다면
물이 좋은지 아닌지
어떤 물인지보다
그저
그 안이 잠잠해야지

마음 같지 않은 날

비가 와서
다 씻겨 가면 좋겠다
생각했어

비는커녕 바람 불어
꽃비가 와르르
덮어 버렸지

눈에 띄고 싶지 않았어
모두가 제각기 일로
바빠서 날 몰랐으면 했어

하지만 봐,
해가 내리쬐어
하얀 꽃잎이 빛나고 있어
꽃잎이 묻은

내가 하얗게 빛나고 있어

발자국

수만 개의
발자국이 찍혀
길이 되었다.
나만 아는
그날은 한두 꽃다지가 피었고
바람이 아직은 차던

“이따 집에 갈 때
같이 가자.”
말 한마디로 설레던
3월의 첫 주였다.

너 없이도
3월은 다시 온다,
귓불에 와닿는
쨍한 바람보다 더

수많은 발자국으로 다져진
땅이 기억으로
남아 있다.

낮은 소리로 말해 줘

어제 가까워진 줄 알았던 친구가
오늘은 쌩하게 눈도 안 마주쳐 줄 때
너만 혼자 남겨 둘 때

낮은 소리로
말해 줘

아무렇지도 않던 햇살이
너무 눈부셔 눈이 시릴 때

낮은 소리로
나를 불러

에인다고,
슬프다고

소리 내서

무슨 말이든 좋아
단어를 만들어 내

그 단어가 네 귀를 울리는 순간
그때 내가
네가 거기 있어

가을, 도토리 무리

저어기서부터 달려온다
구를 듯이
아니 진짜 굴러서
서로 부딪치면서도
짜르르 짜르르 낄낄대며
생채기가 나는 줄도 모르고
아니 그것도 재미인양 즐겁게
이렇게라면 한 번쯤 내려오는 것도 나쁘지 않구나
생각을 하면서

내 어깨를 네 등에 툭
대 본다 괜히

병아리

감싸 쥐면
몸 하나가 온통 심장인 듯
몸 하나가 온통 온기인 듯
살아 있다는 건 별 일 없이
다만 따뜻한 일이라는 걸

빛나는 별에게

안녕
오늘도 만났네
여기서부터 여기까지
한 뼘의 우주는
가까이 다가가면 실은
가늠할 수 없이 광대한 은하

오늘의 너는 얼마의 시간을 거쳐
내게 닿은 거니
4광년, 16광년, 289광년
먼 길을 지치지도 않고
빛을 잃지 않은 너를 꼭 감싸 줄게

안녕
내일도 꼭 만나
서로에게 닿을 때까지 오래 기다린 만큼
우리는 이제부터 별처럼 오래 살 거야

힘든 시간은 한 번이면 돼
추운 밤 주먹을 꼭 쥔 너를
혼자 두고 싶지 않으니까

잊지 않고 기다릴게,
우리가 빛으로라도 만날 수 있다면

● 시인의 말

반짝이는 날들에게

비 오는 날을 좋아해요. 정확히 말하면 밖에서 비 맞는 건 이제 싫고 비 오는 날 실내에서 빗소리 듣는 걸 좋아해요. 비는 손톱보다 작은 물방울일 뿐인데 다양한 소리를 만들어 내요. 바람을 가르는 소리, 나뭇잎을, 양철 지붕을, 아스팔트 바닥을 연주하듯 리드미컬하게 두들기는 소리, 그칠 때쯤이면 똑, 똑 방울져 떨어지는 소리까지. 빗방울들이 어딘가에 열심히 부딪는 소리는 대체로 예뻐요.

눈 오는 날도 좋아해요, 무척. 가을을 제일 좋아하는 계절이라고 말하지만 실제로는 겨울을 더 좋아하는 건 아닐까 고민할 정도로요. 겨울을 좋아하는 건 순전히 눈 때문이에요. 눈이 오는 소리는 더 예뻐요. 사락사락…… 누군가는 하얀 종이에 연필로 쓰는 소리 같다고 비유한 그런 나직하고 다정한 소리. 눈이 부딪는 소리는 참 조용해요. 사물을 두드리는 게 아닌 눈이 눈 위에 내리는 소리이기 때문이겠지요. 먼저 온 눈이 다음 눈을 안아 주고, 또 안아 주고……

청소년기를 떠올리면 저는 겨울이 생각나더라고요. 웃는 얼굴은 푸릇한데, 한 뼘 자란 키도 멋지고 교복도 예쁜데, 이상하지요.

왜 그럴까 고민하다 생각했어요. 아, 겨울이 눈을 품고 있는 계절이라서 그런가 보다. 이듬해 봄에 피어날 꽃의 눈을 품고 있어서, 하얀 눈을 품고 있어서, 그래서 그런가 보다.

우리는 다급히 쏟아지며 한 곳을 향해 열심히 달려가는 빗방울을 닮고 있었어요. 지금이 인생의 봄날일 거라 믿고 달렸지요. 그런데 갑자기 사위가 추워졌어요. 겨울이 벌써 왔을까요? 빗방울은 추운 날씨에 저도 모르게 눈이 되었을지도요. 그래도 화내거나 슬퍼할 필요 없어요. 빗방울은 어딘가로 계속 흘러가야 하지만, 눈은 나부끼며 느리게 앉을 수 있잖아요. 눈이 오는 날이면 유독 세상이 정지된 것만 같은 느낌, 기억하나요? 여유를 가지라고 시간을 멈추는 눈이 되었는지도 몰라요. 지금은 그저 오고 있는 다른 눈을 품 활짝 벌려 안아 주고, 또 받아 주는 것만 기억해요. 눈의 무게는 솜사탕 같이 가볍고 앗 하는 순간 지나가 버리는 짧은 행복이기도 해요.

계절의 한복판을 지나고 있는 모두에게,
요즘도 가끔 겨울인 이근정 드립니다.

이근정

1980년 어느 겨울날 서울에서 태어났다. 요즘은 '귀엽다'는 말을 최고의 칭찬으로 치며, 중고등학생들이 귀여워 보이는 시기를 살고 있다. 2017년 〈푸른동시놀이터〉에 동시 5편이 추천 완료되며 작품 활동을 시작했고, '한국안데르센상' 동시 부문을 수상했다. 지은 책으로 청소년시집 『내 안의 안』, 동시집 『난 혼자인 적 없어』, 그림책 『폭탄을 안은 엄마』가 있다.

푸른도서관은 10대에서 20대까지 눈부신 성장을 거듭하는 푸른 세대를 위한 본격 문학 시리즈입니다.

1 **뢰제의 나라** 강숙인 | 제1회 윤석중문학상 수상작
2 **아버지가 없는 나라로 가고 싶다** 이규희 | 세종아동문학상 수상 작가
10 **마사코의 질문** 손연자 | 세종아동문학상 수상작, SBS 어린이미디어대상 수상작
11 **아, 호동 왕자** 강숙인 | 학교도서관사서협의회 추천도서
12 **길 위의 책** 강 미 | 제3회 푸른문학상 수상작, 책따세 추천도서
14 **발끝으로 서다** 임정진 | 책따세 추천도서
15 **마지막 왕자** 강숙인 | 중앙일보 좋은책 100선 선정도서
18 **쥐를 잡자** 임태희 | 제4회 푸른문학상 수상작, 아침독서 청소년 추천도서
19 **바람의 아이** 한석청 | 한우리독서토론논술 필독도서
21 **리남행 비행기** 김현화 | 제5회 푸른문학상 수상작, 책따세 추천도서
22 **겨울, 블로그** 강 미 | 문화체육관광부 우수교양도서, 아침독서 청소년 추천도서
23 **네가 하늘이다** 이윤희 | 아침독서 청소년 추천도서, 한국어린이문화대상 수상작
27 **지귀, 선덕 여왕을 꿈꾸다** 강숙인 | 책따세 추천도서, 네이버 북리펀드 선정도서
30 **사라지지 않는 노래** 배봉기 | 문화체육관광부 우수교양도서, 국립어린이청소년도서관 추천도서
31 **김홍도, 조선을 그리다** 박지숙 | 문화체육관광부 우수교양도서, 아침독서 청소년 추천도서
34 **밤나무정의 기판이** 강정님 | 한국도서관협회 우수문학도서, 대한출판문화협회 올해의 청소년도서
35 **스쿠터 걸** 이 은 | 한국간행물윤리위원회 우수청소년저작 당선작, 학교도서관저널 추천도서
37 **열네 살, 비밀과 거짓말** 김진영 | 한국간행물윤리위원회 청소년 권장도서, 문화체육관광부 우수교양도서
38 **허황옥, 가야를 품다** 김 정 | 네이버 북리펀드 선정도서, 대한출판문화협회 올해의 청소년도서
40 **그래도 괜찮아** 안오일 | 한국간행물윤리위원회 우수청소년저작 당선작, 한국도서관협회 우수문학도서
43 **아버지, 나의 아버지** 최유정 | 한국도서관협회 우수문학도서, 아침햇살 선정 좋은 청소년책
44 **타임 가디언** 백은영 | 아침햇살 선정 좋은 청소년책
47 **악어에게 물린 날** 이장근 | 책따세 추천도서, 대한출판문화협회 올해의 청소년도서
48 **찢어, Jean** 문부일 | 한국도서관협회 우수문학도서, 아침독서 청소년 추천도서
50 **신기루** 이금이 | 네이버 북리펀드 선정도서, 아침독서 청소년 추천도서
52 **모래시계가 된 위안부 할머니** 이규희 | 학교도서관저널 추천도서, 국제펜문학상 수상작
54 **나는 랄라랜드로 간다** 김영리 | 제10회 푸른문학상 수상작, 한국문화예술위원회 우수문학도서
57 **나는 지금 꽃이다** 이장근 | 문화체육관광부 우수교양도서, 어린이도서연구회 청소년 추천도서
58 **우리들의 사춘기** 김인해 | 한국문화예술위원회 우수문학도서, 국립어린이청소년도서관 추천도서
61 **택배 왔습니다** 심은경 | 한국문화예술위원회 우수문학도서, 아침독서 청소년 추천도서
63 **나에게 속삭여 봐** 강숙인 | 학교도서관저널 추천도서
71 **우리는 가족일까** 유니게 | 한국출판문화산업진흥원 세종도서
73 **신라 공주 파라랑** 김 정 | 학교도서관저널 추천도서
74 **옥상에서 10분만** 조규미 | 아침독서 청소년 추천도서, 학교도서관사서협의회 추천도서
75 **별에서 별까지** 신형건 | 한국출판문화산업진흥원 청소년 권장도서
76 **뱅뱅** 김선경 | 어린이도서연구회 청소년 권장도서, 아침독서 청소년 추천도서
78 **연애 세포 핵분열 중** 김은재 | 학교도서관저널 추천도서, 아침독서 청소년 추천도서
79 **데이트하자!** 진 희 | 학교도서관저널 추천도서, 울산남부도서관 올해의 책
80 **세 번의 키스** 유순희 | 국어 교과서 수록작가
81 **파란 담요** 김정미 | 한국문화예술위원회 문학나눔 선정도서, 학교도서관저널 추천도서
82 **그 애를 만나다** 유니게 | 책따세 추천도서, 아침독서 청소년 추천도서
83 **너를 읽는 순간** 진 희 | 한국문화예술위원회 문학나눔 선정도서
84 **기린이 사는 골목** 김현화 | 아침독서 청소년 추천도서
85 **불량한 주스 가게** 유하순 | 제9회 푸른문학상 수상작 수록
86 **내 안의 안** 이근정 | 한국안데르센상 수상 시인

*〈푸른도서관〉 시리즈는 계속 나옵니다!